何か、十一篇

河合拓始

何か、十一篇

目次

装画　河合拓始

何か、十一篇

（何か #1）

今日は朝からたくさん鯖が降って来たので助かった
最近あまり魚は食べなくなってるんだけど
二ヶ月に一回位はこれからも食べるかも
という予感はあるもんだから
早速たっぷり塩漬けにさせてもらった

これにはたぶんマッコリか
それか何か強い酒が合いそう
そして着流しをはおって
暑い時もそうでないときも
夕方きっかり16時半になったら
まずはベランダに長机を出していっぱいひっかける
そこから一日の最も良い時間が始まる

おれたちの場合は
だいたいそういう風に人生が出来ている
つまりいつだって夕方だってことだ
朝起きたら夕方
夜更かしして幾ら電気をつけたって
ロウソクをしこたま焚いたって
真っ暗で真っ暗で仕方がないとき
それも夕方
海辺で太陽がマッサンサンと真上から
熱と輝きを惜しみなく与えてくれるとき
それも夕方なんだよ

おあいにくさまと言うべきか？
うってつけだと言うべきか？
神様ありがとうと言うべきか？

ところかまわず錆受けの缶が並んでいる
路上に、畑に、駅の待合室に、
自動車のボンネットに、溝のなかにも、

（何か #2）

向こうから全速力で走って来る人が見える
三十代の男、あのピカピカのリノリウムの床の上で
今にもすべって転ぶのではないかという危惧をよそに

速度を上げ、ホップ・ステップを繰り返しながら
突然舌を大きく出した、真っ赤な舌
憤怒の仁王の形相、大きく広げた手からは
見えないくらい透き通った皮膜が
ウェストあたりまでついている

皮膜の向こうには、アンパン売りが立っている
のんびりと酒種入りだよ~と歌うように言いながら
それでも目は眼光鋭くあたりを見回し

このあたりは梅干し売りと
らっきょうの煮付けを売る婆さんのほかには
店を出す者はいないものだから
かえって焦っているのだろう

全速力で走る男とは、三年前から浅からぬ因縁で
結ばれているそうだが

（何か #3）

あのくたらさんみゃくさんぼだい
けたたましい声が聞こえないかな
こおろぎの鳴き声のような
それはある意味透き通っていて白く分厚い

あのくたらさんみゃくさんぼだい
蹴飛ばすな！そこはとても大事な部分
インファマス、不名誉で自堕落で未完成な
カマスの口のようにとんがってはいる

あのくたらさんみゃくさんぼだい
見たことがないかな、作ったそばから壊される運命の塔
セサミストリートに出て来たような数字のダンス
冷たく美しくスキャンダラスな

（何か #4）

そば喰ってる場合じゃないよ
エンドウ豆にハシゴひっかけてる
こだわりの沙悟浄がケツまくってよいしょしてる
からたちの花は咲いたんだけど
ポーツマス条約以来のご機嫌斜めさ
ツノで突っつかれてひょいと持ち上がる
カレンダー通りにはいかないんだよ
町並みが整わなくても啼くんだよ
神様の調べが聴こえて来る
金輪際ためいきをつかなくなる
見目麗しくスイッチが入る
そんなこんなに対応しきれなくなっても
この道に沿って輩《ともがら》に出合う
七面鳥は堂々とした態度

女が男の股ぐらに顔をうずめる
叫び声がこっそりと伝わる
今だって明日だって来年も去年になる
その甲斐あって歌う人生
苛《いじめ》られて鵯越《ひよどりごえ》を越える
帽子をかぶって出直して来な
木漏れ日の悪口と告げ口がひっくり返る
サンダルごと水に落ちる
マンガ抱えて笑ってる場合じゃない

(何か #5)

神様は鳥に姿を変えることがある
とてつもなく大きな鳥
翼をわずかに動かそうとしただけで雷鳴が轟く

ほとんどの時間は眠っているのだ
だがいったん飛翔するときになると
地表は逆にほとんど変化がない
ただ人々の心に根底から転換が起きる
ひとりじゃなくたくさんのひとのこころに
いやすべてのひとのこころに一斉に
鉱物や植物だったころの記憶が蘇り
それとは気づかないかもしれないが
決定的に再新再生するプロセスが
起こりはじめ止まらなくなる

感謝するものと感謝されるものが一体になる
いっさいの分け隔てというものがなくなる

（何か #6）

テルミー、テルミー、照美ちゃん。
カワイコぶって、お酒呑んだって、だめよ。
ここから急速にぶっ飛ばすから。
あさっての方角にもう意識は行ってるから。

そうだ、そうよ、
ペットボトルの内側の世界が折りかえして、
太平洋のいちばん深いところの底の底、
その向こう側がぼくには見える。

徹頭徹尾、感謝感激、砂漠の民
島尾ミホ、死の棘、ヤチマタ街道
コンビニエントに才能を使うな、
才能は思いっ切り無駄に使え、淫らに使え、まだらに使え、

阿弥陀、阿弥陀、涙、マ・ヴィダ (ma vida)

トリケラトプスの角の先が好きな君
そこから宙返り、虚空の響きに乗って、着地し偏在する
ああ、阿弥陀如来の殿様よ。

(何か #7)

今日は不思議なことに
一本筋の通った一日になった
まだ終わっていないけど
あと二時間あるけれど
丁寧に手仕事で時間をかけてあざなわれた
直径 7.3mm くらいの毛羽立った綱、
そんなふうな一本の筋だ

しかし綱と言っていいのだろうか
透明であまりにもしなやかな材質
意識を向けるだけで疎密が変わり
伸び縮みも自在
薄く分厚く、軽く重く
だがその連続性は保たれている

陽の光はそれと知らず熱と変わって
このひとの体内に蓄積された
一方そのひとの毛穴という毛穴から
静かに由緒正しく放射されようとした
あのひとのからだのまわりでは
オーラのように漂って動くことができない
ぼくの分身の分身はその熱のうえを
ふんどし一丁で波乗りしている

実は冷たい陽の光　熱さは冷たさ　冷たさは熱さ
インドから南極へ
ブラジルからアイスランドへ
いくつもの折り重なる絶対的なサウドシズモ

てめえの描いた世界はてめえには関係がねえ

(何か #8)

1

そばにいたときには気もそぞろ
そぞろそばには秘密がない
縁道の下にはミツバチが棲んでいたから
小出しの出汁がよく効いている

唐紅《からべに》は世界最高の品質を誇るけど
ぼおっとしてるうちにあっという間に蒸発する
津波のことをここで語ることができないのは
枯れ葉のメロディーを弾くことができないのと同じ
待ちに待った世界がもうすぐにやってきた
ああ楽しい、ぼくの役目は完全にリニューアルされる
残り少ない時間だとしても何の後悔もない
髪を伸ばして歌いまくったり
コンドームもなしで見つかるものが見つかったり

2

仕方がないね
偶然は必然で、相対は絶対なのだ
損でも得でもない、最初から何も持っていない
ことばの端々で気がついてきたように
七難去ってやってくるのはまた七難

御身の前に身を捧げます、この身を、この身を
酒蔵にこっそり隠した三種の剣
今立ちのぼるのではない
世界開闢のときからすでにつねに立ちのぼっているのだ
そのかけらをすべて集めて修復せよ
至上命令だ、無視することはあり得ない
意地なのだ、軽やかに手放せ
一番最初から決まっている
おとなはこどもの別名
あいた口がふさがらない
夕暮れの真ん中を進め
ことばなんか忘れてしまえ
坊主頭にかけて何度も誓え
そしてトカゲのように這いつくばれ、這いつくばるな
燦然たる闇へと夕暮れはおのれを明け渡す
まさにその待望の日が訪れたのだ

(何か #9)

この世の中のすべてには意味があって意味がない
態度はすでに決まっているが、常にオープンだ
規約も筋道もなく、自由で不自由
この目この耳から出発するが、それ以前のものがある
確かだが確かめられず、酩酊しながら明晰で

以前の世の中のすべてには意味がなくて意味がある
牛込三丁目の南通り
向こうからやってくるひととぶつからないがぶつかって
知らぬ間にワープした
化学的で時間的で丁重で道理をわきまえて
一粒一粒を味わう
意味と無意味の区別がなくなる
時間と空間の間を行く

古いやりかたを捨てる、無視する、飛び出す

自分で見つけたリズムと音
自分で見つけた光
自分で見つけた自分
自分で見つける関係

(何か #10)

鯖の缶詰が降って来たんだっけ?
あのときはまるで雪みたいだった
今生の雪　世紀末の政治のようなみぞれ混じりの

金属的な味がする
体内の神経がいつもより大きな束になって

リラクセーションのギアが最上段にはいるみたい

先週観た舞台は素晴らしいの一言だったね
結論からいうと飴とムチ　甘露と柚子胡椒
メートル原器より鯨尺で行こうよ
隅田川ですっぽんぽんで泳げる日が来るまで
三つの銭湯が合体して大きな視聴覚エリアが出来ても
ぼくの眼は　数えられないほど
からだのいたるところで
原理原則が壊滅しても
しらばっくれずに
転がる灯体

しびれ切らさず努力し果てるまで努力し果てるまで
はじめてのギアにゆっくりと慣れながら
息せき切らず泡喰わず体内細胞を改組するように

起きては眠り　眠っては起き　朝

（何か＃11）

煙がゆっくりとただよってくる
酔った勢いでかすみを喰う
先輩方のお達しには目もくれなかった
信じられる神様のふるまい
芥子の実
酒種を静かに少しずつ注意深く作れば
黙ってあの島から飛んでくる
コウモリがひとりで皮膜をたたむ

蜜柑の木を植えた
竜巻にあわないように方違《かたたが》えをした

凛と鳴る鐘
けだものがけだものらしく道を譲った
きっとぼくの名前を何度も何度も叫んでいる
見たこともない影が世界を覆っているのに

続　何か、十一篇

（何か #12）

ゆっくりした音　ゆっくりした
それが袂《たもと》からこぼれおちる　滴りおちる
キンピラごぼうの茹で汁のように
矯《た》めつ眇《すが》めつ　苦しくもない
ほら　イタリア料理の名前にもあっただろう？

見過ごしやすい筆の先
顕微鏡で覗けば言葉がふるえる
三鷹に住んでいた頃のあの人は
蹴つまずいては踊りだし　娑婆に出ることも叶わなかった

春の野で霜柱が音を立てて割れる
ミンスクのラジオが決定的なニュースを流す
生き延びよう　生き延びよう

それが第一の使命だ

(何か #13)

うふふ　はじめからそうだったね
目隠しされてもはっきりとわかってた
隣のひとが何と言おうと
楽なのはこれだから

インスタントマッチで何がわかる?
かゆみを伴う痛みだけが教えてくれる
どぶろく持って遊びにおいで
下から上まで順番に楽しみな

すらりと伸びたマッチ棒

深く潜り込む波打ち際
明日から違った風がふきぬける
目くじら立てることもない

立派になって帰って来て本当によかった
アメフラシはもう二度とだましたりしないだろう
口にチャック　着飾るのはもう古いよ
猫が鳴く声が聞こえたら　左耳をかっぽじれ
もう無用なものにかじりつくこともない
ラブ&ピースの時代の空気を吸って来たからね

（何か #14）「名付ける」

言の葉をつづる作業は「やんばるくいな」
手に力を込めて握り返す行為は「けつまづき」

さらに多額の金を失うことになってしまう結果のことを「ほうかむり」
世間に顔向けできない暮らしとは「みかちゃん」
ラブリーな恋人と世間から羨まれることを「こしくだし」
心配のあまり有頂天になってしまうことを「どかれる」
健太郎飴が不思議と欲しくなくなることを「みんでんさん」
六甲の麓にあった家が狭くなった理由は「めかくしあんどん」
見ただけでその顔が凍り付くことを「いたまえ」
そばにあった鉄板がバラバラになることを例えて「いらびん」
ロシアにあった人力紙飛行機は「くるまほてん」
いけしゃあしゃあと女とやりまくって朝になるのは「ぜだち」

（つづく）

（何か #15）

巽の方角、一貴山には
有象無象がいつも集まるところがある
けだし山中荘と言うべし
息せき切って山道を走り登らねばならぬが
そんな覚悟のある者だけが
見たところのらりくらりと酒を酌み交わす

へちゃむくれの御仁よ
偶然の議論には飽き足らず
縁側で踊り出したとて
雷が鳴っては　これ幸い
シロツメクサを摘んでは
花かんざしも放り投げ

やや離れた処に滝がある
いつ行っても曇り空だが
だいたい四時には虹が出る
タヌキやオオカミも出る
白装束の行者さんたち
垂直下向きのベクトルは
上に吊られてこそ花開く

金魚草　ヒメジョオン
この時節の草は
野焼きにしてもしぶとく残る
熊蜂《くまんばち》や黄金虫《こがねむし》の餌食になる
水浸しにしても穴に隠れれば
生き永らえられる生命力
巧緻な采配　将軍の旗印

（何か＃16）

しばらくぶりの清水翁《おう》
溢れ返らんばかりの想い
さりとて　さすれば　さにあらざれば
なんて言っては居られない
ソミド　サリガマ　壱越《いちこつ》の
さみれば　からまろ　じゃかてのみ

しばらくぶりのソワタ翁
しんねりむっつり今は昔
酒なら酒　泡田なら泡田
本末転倒持ってこい
そんな夕べ　そんな静寂《しじま》
戯れ　たそがれ

ダボかと恫喝
しみじみしてたら日が暮れるだけ

目ざとい嗜好
京子嬢と居たあの昼
恐ろしくとも　回想だけでは用を成さぬ
見てくれなんて悪くったって
持って生まれたそれがよりしろ
それしかないからそれが財産
では放棄しよう

（何か #17）

皆で仁和寺に行ったからって
そりゃないだろうはなかった

メキシカンスナックが怒り出して
関東煮《かんとだき》がふきこぼれちゃう
サンドバックをどつきたおせ
ケミカル・スーパー・ハイ・アリーナ
一転してミンダナオ島で発進しよう
止まらない感情を眺めている
魂に一致する
あのくびれた半島からゆっくり旅に出て来た

（何か #18）「ホテルアルファ」

「コンニチハ」ってフランス語で言ってきた
摩耶埠頭の奥に住んでいたと言うが
そんなところに家などない

階段の手すりには干からびたイワシが下がっている
寸詰まりの警察官が
あれで一杯やっていたに違いない

台風の名前はどうやって決めるんだろう
空から降って来るものだから
果物の名にしたって良いのにね

なにもかにもがことごとく裏目に出ている
とびこは苦手だと言っても聞き入れられない
それならいっそ都市国家に高飛びするんだった

五月のよく晴れた日に
特製特大の空中ブランコに乗って
ゆらりと異次元に旅立つべきだった

だがもはや遅すぎる
アンチョビの缶詰めの隅をこれでもかと突っつきながら
脳みそをそっくり反転させるしかない

(何か #19)

私の衣はうまく一枚綴じで出来た試しがないのです。舐めてみるとしょっぱすぎて、いつも困るそうです。いろんな色を使いすぎなのかな？　歌ばかり投影されて興奮されてもとかね・・。

とっくに干涸びているんですから、もうどうしようもありません。湿気ったビスケット、いや水ぶくれの手袋のようなもの？　私もいつも当惑しているんです。だって普通なら総毛立つようなことを言われても平気だから。驚かれるんですよ。取っ払いの仕事っていつもあるわけじゃないでしょ。関東炊きって好きなんですけど、せめてがんもどきが入ってないとね。

そのままウチに持って帰れないじゃないですか。お代わり！って言われてもどうしようもないし。

ノマドな生き方だねってよく言われるんです。二つ三つ替えがあるといいんですけど、よっぽど本の通りにしないと気が済まないんでしょうかね。この道三十年。若い人はわからないでしょうけど、ケダモノはケダモノ。人間にはおぼつかないこともあるんです。子どもは言の葉のこと、よくわかってますけど、私は17歳のときに決心したんですよ、素晴らしく晴れたような気持ちだけは持ち続けよう、そしたら山の彼方にも光は射すだろうからってね。その伝で行けば、あなたもすっかり見違えるようになって、恋に落ちようが、どぶにはまろうが、ラッパでどつかれようが、何の問題もなく、サラマンドラのように、お腹いっぱい食べては明るく笑って生きられるでしょうよ。シナプスがぷちぷちつながって、神経痛かと思い違うほど身体がバラバラになるような感触があったとしても、じんわりと暖かくひろがる感覚だけを信じていればいいでしょうよ。

（何か #20）

雨の日の、そのまた翌日の雨の日の、
そのまた翌日の雨の日の、三日後は必ず曇

後ろから振り向きざまに人生が転換する
そんな経験もせぬままに
気付かぬうちにそっと忍び寄っていた変化
真正面から見据えても　風は横ざまに吹く

晴れの日の、そのまた翌日の晴れの日の、
そのまた翌日の晴れの日の、四日後はいつも雨

アフガニスタンの十一歳の子どもが発見した法則
スウェーデン王立協会からは何の祝福もなく

南米から渡来して　大分県で繁殖し
宮崎の光をたっぷり浴びて育ったという
あの蜘蛛は　巣を張るのに三日かけた
何といっても完成した暁には
幅五メートルを越えるのだ

互いに遠く離れた二つの島がゆっくりと架橋される
熱帯できたえられた身体と心で
ひとりづつ渡って行け
長い長い旅
手をつないでもいい
でも　一足跳びに越えようとしてはいけない
時間をかけて　ゆっくりと
ゆっくりと　歩いて行け

（何か #21）

こないだ言った通りだよ
朝から流しそうめん
さんざめく蝉たちの鳴き声
君が約束したあの林の中
ミレソドシファラと美しい旋律が
頭のなかをかけめぐる
それをそっと歌ってみる
感覚とはなんという歓び
浅くても深くても
一瞬のうちに無限の世界がひろがる
鉄道を作って良いわけがなかった
湖の底まで一心不乱に沈み込めば良かった
肩甲骨に翼を生やしたまま

薄暗がりのなかでじっとたたずんでいれば良かった
スメラギノミコトに会った記憶を忘れてはいけない
スカラムーシュ　パパラギ　せんだみつお
いわゆる百年の計がいまここにある
宇宙のみなもとは遍在する
レッカー車が持って行った車は微生物に分解された
結局馬も牛もぼくらと異ならないはず
レンダリングして！
細胞なんて粗雑なレベルの問題じゃない
いっそのこと全世界をそのまま呑みこ

（何か #22）

あさって十七日には瓦礫の焼却が　北九州市で始まる
その影響を福岡でも糸島でも　感じることになる

舌先が震え　鼻腔粘膜が痙攣する
すでに現地での焼却が決まり　金銭の授受ももう終わっていたのに
何のために　もう一度二重払いをする
わざわざ莫大な運送費をかけて
九月十日に現地を出て　運んで来た　運び込まれた
この九州に　北九州に
なんということ　巧みな心理操作
俺たちは知らぬ間に方向付けられている
これまでも　いまも　（これまでも　いまも）

あらゆる革命は失敗して来たという　なぜに
彼らはそれほど巧妙なのか　なぜに
それほど単純なことなのか
キューバは　アイスランドは　メキシコは
なぜ俺たちはそのことを知らない

存在がひとに伝わる
伝わるのは存在だけ
ことばは　ひとの言葉に影響するだけ
ことばに存在が乗らなければ　何の「意味」もない
音楽も同じ　音楽をする存在も同じ

(2012.9.15)

続々　何か、十一篇

（何か #23）

そら、その形見分けの真っ最中に
俺は突然走り出す
ゆっくりと走り出してすべってゆく
その切っ先は実に氷のよう
エニシダの葉が光に舞う
言葉がもう全く意味をなさない
絡みついてくる経帷子
冒涜だと言うな、心映えを知れ
繋がって行く点滅線だけを命綱にして
右肩から左の脛《すね》に流れる何か
また再び心が火となり燃えあがる
アマノウズメもそっと言ったように
野放しにしたせいじゃない
線香から揺らめいて立ちのぼり続ける

閃くものが三度四度と暗闇を切り裂く
今度会うときには
もう見たこともない姿になっている

幸せは不幸せの反対語ではなかった
ぐうの音もでない程やっつけられて
その場からそっと

（何か #24）

すべからくナミダがナガレルにまかせること
いたむムネからうまれるヒビキをだいじにすること
このままセカイがおわっていくさまにミをそわせること
したためたコトバをちりぢりにコクウへとはなつこと
おもむろにつどうヒトビトのいきづかいにミミをすますこと

にごりのないタマシイのホトバシリをたすけること
とけあっていったいになるヨロコビのきおくからもジユウであること
せんとうてきとはみえないタイドでこそタタカウこと
かわのヒョウメンよりおしながすテイリュウにきづくこと
なっとくのできるイキカタにじょじょにそしていっきにとびこむこと
はんたいもひはんもせずテイジだけをしつづけること

（何か #25）

火に触ったこともない癖に
火のように熱いなんて言うな
ときめきが嵩じて
背中にあざができた経験があるか
鏡のなかの野獣

心配で心配で仕方がないのだ
自分が　君が
生き延びて欲しい　生き延びたい
もろともに真っ逆さまに落ちながら
地球の芯に向かって真っ直ぐにのぼっていきながら

宇宙の熱点、点在し狂った人間
たぶん意識が消えていけばいい
何かに身を委ねればいい

英語とスペイン語を混ぜ合わせて日本語を書く
自分の足場のことを語れ
執着ではないのだ
生きて行く

（何か #26）

スカラベ
千回生まれ変わっても　スカラベ
手のり文鳥になる日は来ない
上等だ
豊かなスカラベ
土中微生物との交感
太陽　水　風　地球の自転

〝彼ら〟には思いもつかないだろう　いや思いつくのだろう
息の根を止めようとするのだろうか　するのだろう
たとえ止められたとしても　いのちの概念がちがう
しかし彼らもいのちだ　悪人正機説

スカラベはスカラベとして全うする

〝彼ら〟は〝彼ら〟として全うするのか
いったいどうなっているのか　それは役割なのか
その立場に立てば誰もがそうなるのか
もっと大きないのちの采配なのか
大きな運命の歯車なのか
とどのつまりどうなっても身をゆだねるしかないのだ
自分に働くいのちの声を聞き
全うする

未来　未来へ
明るい未来とも言わない
絶望しても絶望したまま生きる
集団の表現
見えない　知覚できない集団性
つながりはそもそも仮りそめだが
それしかない

（何か #27）

そして船は行くのだろうか
運だめしだと言ってるそばから沈んでいくのか
無礼だと叫んではばからなくても
練習はなく　未完成の堆積がすべてで
いまいるその場所のそのつながりこそがたいせつ

偶然にも今朝からもう思いがとぎれない
赤　白　黄　そして桃色
美よ張り裂けて　真実を吹き出せ
論より経過　ことばより感じ取り
わたしとあなたがわれわれに変わる

近すぎて見えないこともあった
いのちがいのちについて考えるのは困難でも

いのちはいのちを生きる
ぼかされても　隠されても　直観は理解する
音もその化身になるといい

疲れたときこそ問うのだ
歌が解き放つものもある
パンのみで生きるのではなくても
大鳥居の裏側には絵があって
勝負時をうかがっている
新しい種を探している

（何か #28）

すっぽんぽんのことば
赤ん坊のことば

心が働くと見えるその奥底に
アマテラスオオミカミ
救え、救わん、救いたまえ

テトラポットにコンクリートの神様
エーテル体が植物とつながる
ラブ・ミー・テンダー
側《そば》から側まで敷きつめられた悲しみ
心からありがとうと言える

不自由など言ってみればどこにもないのに
老いさらばえていくこの身体
何かがいつも貫いている
サウダージが常態だとしても
永遠の現在に気づく
いま　いま　いま

美しく咲き乱れる何か
天上から静かに垂れてくる何か
地面の裏側から立ちのぼってくる何か
究極の状態がいまの真っ最中に含まれている

毛先が研ぎ澄まされて
眼と眼のあいだに感覚がひらく
苦し紛れに地団駄ふんで
まさかのときに備える

ラッパが吹き鳴らされたよ

（何か #29）

見たかな？／カンドンブレって見たかな？／現存在って実感したかな？／それを確かな手触りで感じたかな？／ソクラテスに興味を持つ石山さんに会う／ラブリーでキュートな如是閑、しかめつらの千手観音／扉の向こうに荒れ果てた野があってそこに一歩踏み出すとふいに強烈な風が吹きすさびあなたは両足を地面のなかに5センチは埋め込まなくてはならなくなる／ひょっこり出てくるモグラ／さし迫った勢いで線路沿いに建つ洋館／なぜだか植物がまったく見えない／せっかくのルンルン気分が台無しになる／レクィエムを作曲した人の数は、歌った人数より多いという／最初に予想した通りだ／リブロースとビンダ

ルーの戦い／名前、天候、漆ヶ原／一九八二
年五月十八日の出来事がまるでさっき起こっ
たかのよう／ミソサザイ、スンダ列島／人い
きれ／メタマジックに至る階段は示し合わせ
たようにちょうど十六段ある／約束通りの悲
しみ／絞り染め／ドミニカの皇太子／いざな
った通りに物事が起こる／怒られてもいい、
しぶきが散る／炎から滴り落ちる／文字通り
の文字通り／腹筋が要だ／らっぱ飲み／シェ
イクスピア／一抹の手がかりにとことん身を
委ねる／ごまを蒔け　枕元にビンダルー　歴
史的な勢い　せからしい主義主張　葬儀の晩
に知ったこと　世界は終わらない

（何か #30）

だましたわけじゃないだまそうとしたわけでもない楽しい気分のままゆるやかに着地することは誰にでもある美しく南方気質の男は言う誰が誰なのかわからなくなるだけそれもこれもあんたのせいだとひしめきあいながら愛を交わす不連続的に連続的にすさまじくおだやかに呼吸を整え革をなめすように豪雨のなかふりしきる雪のなか音楽が流れ十年前ならそういうこともありえたのか生まれる時代が交差しないこともあるのだとわかるのも長く生きてこそ嫁ぎ先の目の前の川で思う存分泳ぐすべてはそれでよい水玉の袖口貸しができたと思ったら最後長釘の先が向こう側へと越境する市松模様をミシンで丁寧に作っては投げ糸を吐く幼虫から育てなければこれはどうにも前に進まない森にはいり林にわけ入る梢を渡る山の声を聴く動き続ける知恵半古典的な胴体太陽の年輪が音に変わり爪先の震えが身体を貫いて直線がしなう私にこそ言わせてくれいや私にこそ俺たちにはどうしようもないそれでよい静かに心を澄ます目隠しをする夢自然の力が私を通して作動する外国の首都地球の声間に合うのかこのままで良いのかそれでよい一番先に通った道が導き手となるそこからも自由になる気づき珠や光があふれ息ができないほどの幸福から目覚めみずみずしくもすべてを信じ注意深く待ち適時に事をなす歌いながら感謝を捧げる放送される音軋み牢獄からの解放世界の美しさが深まるどちらの道を行っても正しいが一気に行く方を選ぶ夜は眠り真っ芯に到る天体が作動している間だけ今もいつか途切れる宿るものを形にする本当の意味で伝える生きる喜びを生きる一方自分を間違えない弦楽器奏者は地球を半周するここからどこまで行けるか準備をするのは深く

達するため一気に進むため蝶へと変態蛹の変容石と土に訊くそれでよい磁場と風を感じる本質を教わり即座に吸収する子どもたち仙人食高温の瑠璃鉄の鋳造水を汲みに出かける科学に近づく波を直観で解析し理解する世界に受け入れられて来たそれでよいひとつひとつ一歩一歩時間をかけた酒造りが進む距離礼拝あみだくじ日々を生きる離れていても交信する本当にしなやかなダンサー本当に精力的な建築家走る男冥利に尽きる音を立てる金属木造の空間鳥や虫や風は応えてくれるじっと待て動きが起こる古い着物を作り変えるあらゆる天候を知り尽くす輪になって踊る宇宙へと旅立つハサミを使い嬉々として大工仕事をこなす背中は神様に預けた集中循環するが暦はとどまらないじっくりと前に進む演奏と同じ加速度のかからないつるべ落とし自分で自分に命令する一瞬でこぼれ落ちぬよう細心に配慮する戸惑いが消え去る砂のなか熱を集める幼児が識る色が舞う全身で触わる身体を使わずに触れるここにいない人と通じ今でないときの人とも話し合えるラクダや馬と一緒に移動する翼が生えたように感じることはこれからもあるだろう重力の作用法則超微小の力学人間が偉いわけじゃない謙虚な責任を果たす狂った神話を調整する竜巻颱風砂嵐責任を感じようちょうど良いところに目盛りを合わせる刻々と変化する邪悪をも理解しなければならない自らのなかに発見しなければならない泥足のまま耳と目と鼻と口を洗う変化なく見えるもののなかに無限の変化がある動きを反射する光振動持ち場を守りひろげひろがる当初からの拡散には原因がある浸透を信頼し輪に集中する訓練なしで真の訓練をする火水風土あざむく歴史隠す機構家族から出発する移動と結びつき真の思考の痕跡あまつさえあざとさなしの物作りの核心消費と言わず所有と言わず情報と言わないすべてが我がことだがそう言わず当たり前の覚醒に注目し道を学ぶ

（何か #31）

猫のように　羽衣のように
子豚のように　蹴つまづいていく
ルリタテハ　エンドウ豆
ラブリーな感情よ　渦巻け
瀬戸内の貝殻　メコン川の流域
ことばなんて追求しない
メソジスト　メソポタミア
インク壷のなかにエイがいる　ラリって
石神井《しゃくじい》に移住したのは小さな大きな一歩だった

踊るよ、俺は踊るよ
このからだのなかに隠された無尽蔵のエネルギー
それが俺を突き動かすよ
ことばなんてくそくらえだ

人間以前のところから見ている
ティンカー・ベルのように羽ばたきながら
赤鬼と黒鬼になる
ラッパ飲みのブルー風船
レット・ミー・ビー・ユア・ワイフ
ときめきの向こうがわに荒れ野が見える
アンダルーシア
この世は狂人ばかり
Mama,
ネクスト・デイ・アイ・ウィル・ハップン・トゥ・ビー・
イン・ディス・ワールド

植物が俺に涙さす
きみの采配が俺に涙させる
わかってる　わかってるよ
偉そうに言うな！　わかってる

宿れ　宿ってる　祈る必要さえない
ラブリー　ありがとう　これを見よう

（何か #32）

手で　足で　触れる
鼻をあかすみたいに触れる
ご注意ください
心臓から飛び出すかもしれない

見たこともない激辛の野菜
舌の先が七つに分かれ
耳が　眼が　肛門が　からまっていく
大根　ごぼう　白菜　ピーマン　かぼちゃ

結局のところ彼女はそれを好きではなかった
辛くても甘くても苦くても
私の差し出す野菜たちに　触るだけで
身体の中に取り入れようとはしなかった

食べていたのは‥
朝はめくらましの火薬
昼はアフリカから輸入したばかりのトイピアノ
夜は布団一式

次の年は北極旅行まで計画していたのに
私の舌先は行き場を失って
土間の片隅にたたずむばかり
みなしごのように
ゆっくりと若年が過ぎ去る間に
力を蓄えるだけ

ある夏の晴れた夜更けに稲妻がひらめくとき

(何か #33)

アマニ油を塗ったばかりの
見たこともないほど尖った物体
女人はただうなづくばかり
誰に訊いても由来はわからぬ
ランプが影を大きく映す
インテグラル・ジャスティフィケーション

酔っぱらいのアーナンダ
見繕ったばかりの編みガラス
神様と藪のだまし合いは殿堂入り間近だ

小皿に入って水浸しのニルヴァーナ

第四　何か、十一篇

(何か #34)

豚がらみでくっちゃべったことども
糞忙しい真っ最中に
嵐はそう簡単に去ってはくれない
♩♪♪　　♩♪♪

曼荼羅に想いをはせる
おもむろにパンナコッタをデザートに出すなんて
どんどん逃げて行く亀と一緒で
化石の殻が悲しそうに啼くともなく啼くはず
♪♩♩

あぶれ遊んでぶれない喘ぎ
薫風香るサナギの季節に
想像力が点線を引くよ

跳んだりはねたりしても心は静かだ
♩♪♩　　♩♪♩　　♪♪

（何か #35）

L.V.山脈を越えてみると
　　　　その向こう側は切り立った崖で
　　その向こう側は色とりどりの海だ
　　　そんな人工的なところに居たくなかった
　　望みを語っても語っても
　　　　起爆剤にもなるものか
そこから踵を返して一直線に
　　弾丸のように帰還する
ブラックホールのなかを潮干狩りして
　　愛と悪を自覚し

腕と肩に背面にも力を入れすっ飛んで行く
何年も前に書いた曲に共鳴し
詩を書いてくれるひとがいる
嬉々として蜜柑の花が咲く
あの東屋で、あのアバラ屋で
ヤツデの葉となり朽ちて行く感覚
恐ろしいことだ
するめになってしまう
イソギンチャクが七体ならんで
硬化して行く
病みつかれてまだ息のあるうちに
だまされていたと知れば
だまし返すしかないだろう
まっとうに日が照るうちに

さかさまにこの世で

（何か #36）

ツバメ返しって言ったきり
そいつは黙った
ルルルルル・・
素っ頓狂な声が聞こえる
見かけだおしのコマツ菜が
あとからあとから湧いてくる
ドラム缶の底を突き破って
夢のへりを突き通って
痛み止めが効く間がない
瑠璃色のシャンデリアがゆっくり回転する

橋の上から丁寧にちぎり倒して風に吹かせる哲学書
身体の奥底がうずく
手っ取り早い健康保険がむしばみ尽くす体裁
山の上なら強風で障子ごと音を立てることだろう
君の耳にも懐かしい声が不規則に不均等に届く
ラララララ・・

金色の雨がいま降りそそぎはじめる
ぼくたちを光のように蕩かせる
　　　　　　　　　　虫酸が走る
ぼくが人知れず山奥で結界を張るなら
明るい都市のただなかでも暗闇を感じ
暗闇のなかで眼をこらしながらはっきり気付く
呼びかけ呼びかけられる
ひとを導きひとに導かれる
遅かれ早かれ抜け出すとしても反転し回帰する

だからこそ居ながらにして解脱し
四方八方に飛び散り
ことばが一気に
居ながらにして解脱し

（何か #37）

イタリア帰りの兄ちゃんがひとりつぶやいた
「アカシアの実が食べたい」
昨夜から界隈ではその話で持ちきりだ
ゆくりなくもあれほど美しく発音されたのは
室町時代以来だと
髪の毛が逆立ってしまうほどだと

しかし明け方になって謙虚な心が警告する
地下から潜って通りを渡ればスムーズに運ぶのだ
公衆便所が立ち並ぶ港のかたちが見当たらなくても
ぼんやりと照らされたその影の延びた先が目印

突貫工事だと言って吹き出すような笑い声
あれはまるで苦し紛れのトナカイ
その部屋がことばに変わるのを待たずに
先に夢のなかで会わなければ
どこからでも一気に入れることになる

ぬらりと現れたときから妙だったと
金魚藻

（何か #38）

高校生のようにまるで田舎が目の前にある
ルートヴィヒスブルク宮殿
好きだ、一抹の不安が
指揮者であり作曲家であることが
顛末をまるで意に介さず
屋根の一番上から滑り降りる
存在論的に泣く
一角獣の微笑み
うずらから孵る部族のカメレオン
隣どうしでくっつき転んで飛び越える
ガネーシャと布袋さんと樽詰めのウィスキー
とっくり坊主の渦巻きパイ
軽やかなどぶ
てんこ盛りのマンドラゴーラ

風の相対性理論
うんとこどっこい派手にマフラーを翻し
薬上手な給仕を待つ
18㎝を指で測ろうとして
掌が急に古代を感じる
するすると何本も降りてくるそれに
ぼくが、ぼくたちみんなが気づく
初々しさが中央アフリカから届く
踊り出したい

(何か #39)

日なたに置いといた
クリの実がだんだん小さくなっていった
いつの間にかもうケシ粒ほどの大きさで——

寄り集まって　動こうともしない

慇懃無礼に声をかけても
万雷の拍手が鳴り止まなくても
静かにじっと
みずからの体内変化に耐えている

みだりがましい口をきくな
アンゼンパイなどどこにも売っていない
狂ったように吠えろ
扉を叩いて叩きのめせ

豚骨ラーメンの具にしてやろうと言ったのがいけなかった
大きな窓の向こうに月が見えた

ひとつ　ふたつ　みっつ

あからさまに

（何か #40）

クリスマスがはじまる直前に次元を戻そうではないか
ねこが居たころ　いやねこはずっと居る　これからも
左手の人差し指の先が急に熱くなる
さか巻くメッセージ
どんつかてんつく
貫くものがあり　突きさすものもある

剣玉名人はオーストラリアにいると聞く
分類し理解した途端に終わってしまう
（ぼくの場合は）

天井に張りついて見おろしてみる
楽器の内側から耳をそばだてる
すべては回転しながら動いていく
右眼で観察し　左眼で見えないものを感じる
止まったらやり直し　海に出る　海を見る
人工的に光が変化するのも
真理をあらわす合図だ
苦しみを単純化すれば
そのままで複雑さを慈しむ　味わえる
神経が拡張する
高次のヴァイブレーション
安心立命
稲妻のような

（何か #41）

安曇野の町が気になって仕方がない
いますぐにでも駆けつけたい
そこに咲く花のかたちが気になるのだ
一輪のことじゃなく
群生する花々の作るかたちが

ひかりに照らされて
流れる雲のように
姿を変えていく
そのメッセージを聴きとりたいのだ

てんでばらばらに集う人々
その心の眼は一にして多
彼ら自身が咲き乱れる花々なのだ

ゆっくりとしなうように
ひとりが腕を上げると
ほかの人もだいたいがそれに続く
風のざわめきが急に静かになる
こころの涙が姿を変えた岩
そこにひとりひとり座って
用意した泉水を呑み干したら
岩を荷物に入れて持ち帰るのだ
住居に帰ったら海か川に浸して汚れをよく落とす
あるいはそのまま放置する

レム睡眠の波間にわたしたちが漂うとき
ひっそりと岩は光りはじめて
誰も見ていないときに
遠くから花々とつながり合うだろう

（何か #42）

しょっぱなからレックス、レックス
すっとんだら　かたつむり
真面目に受けとるとゆがむ
まめに作業すればタヌキ蕎麦
どこまで行っても余震が来る
塩だ、塩
蛇の道　電気の策謀
天然の太陽

とばっちり
うっぷん晴らし
レンズ豆
ロンドン船
駄菓子売りのベーエムヴェー

とん　からり　とん
ガラリ
ぎやまんガラスのグラッパ
言下に潮田《うしおだ》ネギに張りが出る
ゆらぐ山羊絨毯

結論からすれば通《かよ》った跡がぬめり出す
空気を入れ
二ツ目怪獣がバクレツ的に大きくなっても
ひっ飛ぶはなから駒ヶ岳
墨染めの足袋《たび》を履き
五ルクスのカンテラ持って息をこらえる
小さな小さな通い路が夢のように実現する

（何か #43）

1

裕福な家系に生まれついた
江戸一郎は
ある雨の日に
ごく自然に家を出た

リュックサックのなかに
たまたま入っていたのは
あずき一合と梅干しがひとかけら
勢いよく扉を開けて
「行ってきます！」と大声で
挨拶し家を出た

交差点のところで

級友と待ち合わせて
バスに乗る
長距離バス
海岸線を長く走り続け
夜もすっかり更けてから
最初に停まった休憩所で
一羽の大きな鳥が
かたわらに寄って来て
右手の掌をしきりにつつこうとする
ほとんど目くばせの合図をこちらに送って来るようだ

わかった、自分たちの足でここからは歩いていけ、
そういうことだな、わかった
あの噴煙を挙げる火山を目印に
左から回り込むようにして
道を探せば良い

ラッパの音が遠くからかすかに聴こえて来た
気がつくとさきほどの大きな鳥はもういない

2

すいません、右手の小指一本でいいんです、私に触らせてくれないですか
とどのつまり格好つけたって、すぐにわかりますよ
ネットで検索などするまでもありません
水色の服がごくお似合いです、さっき蛙のこと考えてましたね？
俯きかげんのその表情がまたいい
いつもいつも冷凍冷蔵庫にお世話にはなっていたんです
雨戸を閉めて、樋《とい》からしたたる粉々の種々《くさぐさ》を感じながら
ゆっくり一緒に引き裂かれましょうよ

いいえ、そんなわけには参りません
私にはまだ任務があるのです

あなたはそれに気がついてないだけでしょう
そこの先をちょっと右に曲がったところにタバコ屋があります
古めかしくて薄汚く見えますが中は綺麗にしつらえてあります
上がらせてもらって話をしてみたらどうです
嘘から出たまこと、稲妻にカラスと言うではないですか
驚くような喜びに行き当たるかもしれませんよ

3

真昼のワニは好い素振りを見せるのが常だ
気持ち悪さをぐっとこらえて
一郎は生唾を呑み込む
しるしのついたヒレを辿って海岸に出ると
冷えた空気と波、そして霜柱
まさかの励ましも当然のように受け流し
秘伝の技をふっとすりこむ

けったいな世界とはもう言わない
自分もその一部だからだ
すべてがつながっている
化粧道具を用意して来たるべき時に備えていたら
時はもう満ちた
潮汐のままに揺られ、かいくぐり
波を作り出し、波を俯瞰する

けだものだらけの宇宙のなかで
思考するよりも速く
悟りに打たれた

（何か #44）

緑の骨が
大枚はたいたコンビニで
指先から消える

神様が渡った
コンドミニアムだよ

作家別に
閲覧するなら
まず紫色に染めてくれ

来生からみたら
きっと瑠璃色に
見えることだろう

第五　何か、十一篇

（何か #45）

みんなが今日は危ない日だというものだから
朝から急いでオートバイで出かけた
道の両端からみるみるうちに金目当ての亡者たちがわき出して来た
すっとこどっこい！と三回唱えて無事に切り抜ける
駅まで行ったら
今度の電車は次の駅から地下に潜ることになっているという
乗り込んだらアクション映画よろしく連結器のところから
こっそり車体の上に出てみた
案の定会社の役員たちがポーカーに打ち興じている
何故か彼らは私の姿に気がつかない
念のため車体の縁《へり》にぶら下がり車窓に足がかからないようにして
ゆっくり前方に移動しようとしているうちに
列車が出発した
見慣れた風景がスピードを上げて行く

意外に気持ちよくゆったりと心落ち着き身の危険を感じない
三つ目の踏切を過ぎた辺りから地下化がはじまった
トンネルが見えてくる
遠目には真っ暗に見えたが近づいてくると
赤とオレンジとピンクの照明が交替しながら灯っているのか
列車はわずかに速度を落としてトンネルに入った
その途端（轟音が耳をつんざくかと思ったが）無音になった
空気の質感も変わり
まるで薄いゼラチン状の物質のなかを移動して行くようだ
自分がさながらホース型《がた》の原生動物だとよくわかる
微細すぎてわからぬほどの階段が無数に空間に見え隠れする
あ、来る！と思うか思わぬかその瞬間に
ドカンと大きな爆発音がして銀色の車体は粉々になった
実体を失った車両はしかし加速度を付けよどまない
わずかに上方に浮き上がっていくかと感じたとき
気配が一変して温度や湿度からも解放されて

清々しくも痛覚だけが刺激される

（何か #46）

3時28分
4時45分
あいにくのお天気

5時13分
8時22分
目覚まし時計がなる

9時5分前　3分前　1分前
めだかの始業時間

かみさんとみんでんさんのドキュメンタリー
どんづまりの月光
伝統的な師走がはじまる

2分経った

ちょうど10時だ
1時間35分

（何か #47）

眠り始める前にもう夢がやってくる
見たこともない夢が　いつか見た夢が
君といつか一緒に見ながらもう一緒には見ない夢が
あの日のあのとき君は彼方へと消えてしまった夢だった

夢のなかに君はいる

ぼくは目覚めだ
ことばで／が目覚める
徹底して錯覚的に目覚める
シャノンボール・アダレイ

すり抜ける夢
立ち止まる夢
正気を失って叫び始める夢

会いたかった
あのいずみのほとりで

（何か #48）

いつもながらのただめしを、
これでもか、これでもか、これでもかっ、とほうばってほおずりしたら、
皮膚がだだむけになるほど痛いです、ってもう泣き出さんばかり。
そこに集合生活して自分と世界の境界を失きものにしながら活かしている、
あの者たちが泣き叫んでいるのなら仕方がない、
かっぱがなすびに魅かれるみたいに、
ここは、ひとつ、ふたつ、
酔っ払いのかっぱらいになりすましてみるとして、
甲斐性こらえたケンカ腰なら、
ここはみっつ、よっつ、
巴紋《ともえもん》とシャカリキ馬力のイナズマしょって、
来る者こばまず、なりふりかまわず、
ありふれたなりわいにまずは精を出すことにしようではないか。
いち、に。ろく、よん。
みだれとぶ　かんじき。

はち、さん。
みつばちのすづくり、
じゅうご、じゅうなな。
はちじゅうさん、
さきを急いでとどみゆく、
粘土の宇宙に名前が沸き立つ。
轟音ノイズがつんざめき、
さんぱ　ろくじゅっ通りの虫眼鏡。
はち、けた違いのさんじゅうに、
し、さん、宮の葉、

（何か #49）

ミトコンドリアがコンドームもつけずに大きな叛乱を起こした
斜めに吹き付ける風が不規則な航跡を辿った

突然の暗闇
威風堂々たる緑の茎たち
ケモノはみんなもう久しく透明になって目に見えないが
さまざまなグレーのグラデーション
当初気にも留めなかったことを次第に愛するようになってきた
ケロンパさんケロンパさん
興味あることどもは端《はじ》から五月雨式に空中で爆発する
その破片の軌跡はもうながらくダンスを踊り続けている
ぼくの身体を貪るように欲望のまま愛し慈しむようにキスをする女たち
ぼくの心と見えるものは記憶との共同作業で跳ねまわったが
心映えの新しいステージはこの言葉で準備万端
日々のシールド　何かの楯
けむくじゃらも　ワルも　善人も
屋根にへばりつくトカゲ男も　緑の化身も
渦巻く息せきを切り　ミクロの時間を大きく広げる
全知全能　タバスコのカメラ　クリスマスの小鳥　久米の反面教師

ドリルで穴を掘る、掘らない
毛虫を踏み潰す、踏み潰さない
まあちゃんが死ぬ、死なない
エメラルドに映える、映えない
コスモスが咲かない、咲く、咲かない、咲く、咲かない、咲く
・・・さようなら

（何か #50）

まみえるはずもなく
乾いて乾ききった隅田川が
一心腐乱
蹴飛ばせ、
蹴飛ばせばきっと花が咲く
あやまる岬で雲が逆立ちする

ギョレッ、ギョレッ
かみしもつけたかみさま
どんどめく空から垂れ下がり
ぽきょなんとうっとりする
悟りの表情
くそくらえ！
俺は地面を愛する、地面だけを愛する、いや嘘だ、天空を愛する・・
――――同じことだと早く気付くんだ！
――――秒速300キロメートルで蛸の首持ってハイフンを三度書くんだ！
――――ビートルズ姉妹の団子状かたまりからそっとゆっくりと四本の足を生やすんだ！
――――マジか？マジ⁉
――――アンドロデウス大星雲、、
――――久留米がすりが似合ういで立ちを考えろ、今すぐに考えろ‼
――――しからずんばヤリガンナで目くじらを立てるぞ‼
――――いざほんどに産毛を毛羽立たせるぞ‼

――――カミーユ・・・　カミーユ・・・

(何か #51)

バリ島に行ってきたばっかりに
女は女であらねばならぬとでも云うのか
気味悪くも物悲しい旋律が流れては消え
蹴とばせ、アルフォンソ!
例えようもない
いがみあっても愛があふれる
気づけ、気づいた、気づきたもうた
首を洗ってカメレオン
出直したらお得意のあんず姫だ
げろぽん抱えてすっとばせ
ピアノの高音からバンドリン

愛があふれる、愛が
愛が息せき切って駆けつける

息子よ、駆け抜けるな
じっくりとこらえたら後半生は那覇で過ごし
身から出た錆と言ったこともあったけど
すべからくスクナヒコよ
出まかせのアジトから出直せば良しとする

唐々《からから》と砂が舞う
いじめた側がすっぽりと踏みはずす
そんなハズは持たぬと舌の根も乾かすなら
車ごと寸止め、アロハシャツでも息苦しい
短針と長針がゆっくりと交わり
闇が、闇が!!
アルフォンソ、息せき切れ！

あの滝をいつか初めてまた音ズレて
きしむ不協和音に恍惚のひと
インドから宇宙
ロマンがゲタ川鼻雄
イントランス・カミナンド
この身にギュッとば引き、付けて
朝になれ

（何か #52）

カワイタクジが旅をする
どうぞ、先に行ってくださいと言われた途端
行ってみたい土地、アメリカ合州国、大嫌いな国
知るも知らぬも熊野の関
地球の健康を損なわぬうちに

みずからの翼が可動するうちに
ケータリング・ケータロー
うまい蕎麦から汁が出る

カワイタクジが旅をする
一石、二隻、三席、五関
アナトミー・オブ・クロコダイル
けつまくえんなど存在したのか
アルテミスさんに会ったこともないのに
出会い！
出会いまくり☆
ケロケロと鳴き声を忘れてしまい
あくびひとつ最後には出ないのに
いっぱいつかまされては声を失う
いや、大声で叫び始める

カワイタクジは旅をしない
ここにいる底が抜けて
あぶみの星に手が届き
彼女はいつ頃からまばたきもしないのだから
幽ヨウの境もなく
ウラジロを集めては唾液で濡らす
見当つけ一抹の香りを味わってね
家庭を持ったらわかることがあったし
こだわるからだがうちがわからほどけたみたい
欄干橋からサメの卵
インドアライフの花火がはじける

カワイタクジは旅そのものだ
模様を見ればわかるでしょ
目ん玉ひっくり返しているんだから
鼓膜のうちっかわを聴いてるんだから

子どもじみたスパイスだと？
全身渾身の努力を傾むけていれば
氷の城が崩れずに宮殿並みに光り出す
今夜はギリシャ風にだって過ごせるんだぜ
網かけて繋がりあう関わりから外に出て
真に価値ある本当の得心と満足に洗われる
すでに繋がっている偏りに会心のエネルギーを投じるよ

カワイタクジは旅から帰らず、カワイタクジは旅に帰りつく
波を歌い、歌に揺られ、ひと掻きふた掻き泳ぎだす
泳いでは揺れ、揺られては泳ぎ
いつの間にか陽光燦々とそそぎ
そそぐなか泳ぎ踊り、大事なものを手放さない
大勢のなかで歌い
大勢とともに歌い
シャイな表情を捨てて

睨みつく目はこんなに恐ろしかったのか
内なる愛の行き場はどうしようもなくあふれるよ
慈しむうつし身
真実を以前よりもっと知っている

カワイタクジは旅に出る

（何か #53）

循環させよ　イカの哲学者
声に出さねばことばにならぬ
ならぬ端《はじ》ならケダモノ殺し
クシャトリヤ染みたあぶみ骨
かっぽじるから子どもが泣く
音は音でこそかんがえよう

触れず聞こえず　五感なんていったい!!
アンドロメダ人　イスパニア人
苦しむ脳髄　溢れる悪寒
良かったってっと衣《ころも》がパンする
どんぶらこ効果が言外で急回転
餅もモッタリ持てば没薬《もつやく》
ビルバ　ボリビと跳びはねた
逡巡させたら　明滅する
明滅したなら　介抱道祖
来たりて佇ずむ道
転《ころ》げ回った星の空

（何か #54）

仙人は狂った街角でアズミ菜を食べる
山頂のごろごろ石
なーやーいーむー
ケクラ聴くナと相《あい》示し合わせ
表情だけが遊離する
おみかけがえし
でんからずこう
牛と見し世で
歩くシカばね
グンともぐりこみ
サイハテにしあわす
こころころして居はせぬ身
踊る広辞苑
ひーこーはーけー

速度の外に出る手もある
遥かな樹上にチョコンと座り
たくさんの仲間と繋ぎ合ってる本来の姿
埋ずみ火みたいにキクラ聴いても
特殊・閃光・裂華・清照・
もともとの子供どもと
開闢・灰燼・
また　アタマ　また　たま
たま《珠》　あまた《数多》　手間　待ち
すべからく音に眠れ
今度はカラスミでもてなすよ
かたぶくまでの月も読むか

#（何か #55）

この葉の夢が裂けた、
ありものの感謝、
ビートルズは猫になった、
ケレン味でこれからは懲らしめてやると で も、、

十一分の二ほどの嘘、
さえついたことはないのか？
ミラン・クンデラ、始末に追えぬ、、
今日も今日とてカメは行く、
行ごとにあふれる記憶を振りしぶき、、、

金玉つかんでアフロ、、ディーテ、
馬鹿ですかしたカス野郎、、
あがめたおすな、ほめたおすな、

光の光、影だって何かの反映、
月だって、太陽だって、
コム・サ・デ・モード、
虚無の外側にこそ真実も吹き飛ぶ、、　！！！

かつかつとメッセージ、
こつこつと無限に収斂、
無限のエネルギー集中、
ああ、底が抜けるよ、大声で叫んだっていい、宮部サトシさん、
樺太人はぼくの小児の記憶をアタックする、、、、

言いたいことの二十分の三、
初めからダダ漏れだった、、
早く下駄履いてかぶせてクッシタ、
ウは宇宙のウ、
ラはラベンダーのダ、、
！　！！　！

第六　何か、十一篇

（何か #56）

カナリエ、キャナリエ、、、
富と意識の分配について
ラスベガス方面から壊滅的な知らせが届く

アンサンブル方式ではもうやっていけない
ぐるぐる、くるくる、回していくしかない
そのための道具だ
俺たちは外化された脳髄だ
それも芯の部分、芯の部分、だ、、

くらげさん、空から照らす・・
水鳥は太陽に向かってこそ斜線の交わり・・・
あたまを低めてかいくぐれ・・
どうか後脳からこそ放射して・・

一万年なんてあっという間だった
ここからいなくなったって、なんということもない
ないはての　さびづくしだ、
こづからドンシャンいうだけだ
ミリメラ　カンタビル
りくつのリの字もままづらう
マの字にたんとよんごとなきよう

ルクサ、ルクサー、、
固くも柔らかくもどこにその膜がある？
引用するよ
シャン仏《ぶつ》のかぎり・・・

ラテン形のオイトマン
リンダぐるしのぐるみ漬け

いゅっ、いょぉぉ、くぅッ、っ、っ

・

・

(何か #57)

＊＊＊　＊＊＊　＊＊＊

アンダースに乗って
その尻をひっぱたけ
ミドン　モドンは
見かけだけの苦しみ

ケリロームについて
知ったかぶりはもう止せ

カンダは　途端に
用もなく　ずり上がる

まあから　じんだら　ズデてこトゥん
まあから　ずんだら　デテてこタ

＊　＊　＊

＊　＊　＊

＊　＊　＊

しとぅり　けんも　ああかつ　にじする　くぅくぅい

ぶヌ　あ　くいすりかてみで　じゅとぅけりねぬな　みみみ

ぷぷきな　ぷぷこて　さがりれうぉ　む

（何か #58）

たみか　くらし　さだな　とんみ　れくづ　たがを

れんとぽ　さじじず　ぶゆるきって　さない　じじす

まいか　ぶれそ　ぐぶどぅき　たんじめら

（何か #59）

自分流の英雄譚を読み流す
せっかくのカテドラルだというのに
愛媛の節々《ふしぶし》が偕老同穴よろしく
想像の抜け道をどうにかこうにか
辿りてならむ並び換え
苦しみが足りないわけではない
いんざコムザの合い間を縫って、夜通し面通し。
さむしろの道蔭に、

どん　ふん　どん　ふん
どん　ふん　どん　ふん

カンテ、声高にＢＢ回路を廻《めぐ》り出る
牛島マツッテこの尾あら身

くんずほぐれて写真の真似
倦怠感ならもって来いだ
名刺サイズのアガメムノン
切って、這って、食って、振って。
そんで、死んで、産んで、噛んで

へん　へん　でん　どん
へん　へん　どん　ふん

かり見ての習い世にふれ
あおらるらん、あおりられ
パッパ、ドクサ
啓蟄の頃がもう視野に入《はい》らぬか
燃える炎にじっと目をこらさぬか
小高い丘のてっぺんから垂直にあけた穴を這いずりまわろる
くるらるらん、くるらるれ

とうとう行ってしまう時間のさきっぽ
大量の水あふれた
ぐっすりと

いん　なん　むん　ねん
なん　むん　いん　ねん

どん　かん　ろん　ふん
どん　かん　ろん・・・
ふん

（何か #60）

樹皮で演奏するシューマン
闖入する御用聞き

性愛が流れる

きょうはつけてないのよ
自然体だね！　ピッ
遠くの残像

えんえんと羅列するカタログ
分類する　記載する
まっすぐな欲望

★

暴虐なる眠り
さらなる魚《うお》　城の慰撫
グロテスクな座席がいつまでも並び

空耳なのか？ジェームズ・マイケル
（何か #61）

造塩法が歌となる
部族の経済　泰然自若
祈りのような決定項　廃墟だ
レンガ造りのあんな塔
地球が生命体なら　人間も地球だ
キキョウ御殿
留守宅を宇宙とする
驚きといつわりの曼珠沙華

そのひとはツェツェ族のルシンダだった？
奇妙なる私——

馬鹿げたライク、
するすると屈託なく、棒びきの賭けごと
嬉々として先手を打て！
貧乏仕立て、発酵野菜、地産地消のノン！オーガニク

餓鬼のイッチづけ
施餓鬼の草まみれ
イメージが丸みを帯びた革細工をなめりおちていきなはる
るううう
ナナん　うとうとしたばかり
乗り崩した岩レモン、うう

イケてるのか

名乗りをあげて　日日是好日
ニチニチコレコニチ
孔雀のパヴァオン
戦争機械
いざ冗談はよそに川に飛び込め
ならぬ納豆大橋
のろしをあげた

ビマンした豆殻
雑穀食っていやが応にもアクセス牡丹
排ガスまきちらす路地
応援歌響く高地人
縁《へり》と厚布
苦行坊主

（何か #62）

そそき　ばすきび　がせいるなの　いなにくせいなの
　びざはおへく　らのみ　かるきん　きがめうなり
けのちじんざろ　まっいうりき　げすとぼ　のきえうんぐ
　　てりにゃそじぬし　んこがえとょ

みとう　たるしー　いのじう　ず　るをちく　およなを
し　くすんあう　なはな　らとてじ　っくがううし
たくまかつぼ　のツる　いくせた　ちさま　とた　かげれぱかだげ　まっきひぬう
かェわ　くっんて　づまるうい　てこゔいんーた　めてちのず

ツた　たて、けみみ　とわ　はお　がいらく

ジェし　くをは　れを　しれ　にちお　よお

らやすこ　エぞー　なうっ　お　たも　ち　ん　そは

くてこ　び　ばん　に　にし　おじち

たか、ち　か　ーじ

ぼや　ズる　か　りう　こ　わ　に　ん

し　さ　わ　う　れ　に　も

（何か #63）

きびだんご　食べて
きびだんご　返せば
きびだんご　ガスリ

きびからげて　だんご寿司
きびだんご　食らうと
だんごあわてて　きびづくし

こども連れの　だんごびいき
きびかすれて　だんこまねす
ねんねんまつろう　こんこんまつり

集まれ　きびだんご！
酔わせて　きびだんご！
くるくる　廻せ
ころころ　走れ
ぴたぴた　齧れ
くんくん　跳び出せ

窯から　キビダンゴ
ヨセみて　キビダンゴ
らりって　ビダンゴ
ゴロゴロ助けて　みるからに美談

だばんご　ごばんだ
びきたび　きダびき
ただ　ただ　忠度《ただのり》

子どもも　キビだんご
喰っちゃば　ひっくり返して
眠る
ダンゴ域

(何か #64)

スらパり

ころもが
しえ
の

じぱかしょ

うらみ
て

さる

こぼ
んこ

とみかえ
くれね
し

けい

スらたまへっチ

うばつとんご

みきりじたひ

どずでむたからしの

すむれ

（何か #65）「定言命法」

三歳のときから一緒なんだよ
みだりに取り代わって良しとする
乱れ染めにし我と知らず
グラヴィティズ・レインボー

弟はいないけど妹なら居る
手術は痛かった？
覚えてないヨ、そんなもの
打楽器たちの上空に渦巻く白いモノ

カッパドキア戦記　トルネード商法
マサキから木霊　中空の存立平面
いたずら仕立ての歩行そのものだ

カネなんてすべて消えちまえ
すべてを実体経済によんどころなして

旋律とことばは見切り発車する
ぼくたちの知らぬ間に感覚が貫いている
不要なことは口にものぼさず
胴体に力が宿る

異国の地を渡る勇気士
カラメル協会、ドン・クウォーター
凄惨なる信心、
ぶかき発明と虚無

ぐるぐる廻り、回れ、
ぐるぐる行って、とどき、網戸越しに絡み、絡め、たまえ

（何か #66）

ゆずりはを
かけくだり
くみだすのは
ひかるゆきみず
ことしのせ
ゆるやかに
おちるとみえて
へんようする
かきつばたの
つばさとなり
きづかう
こころばえ
ひとびとは
べつではない
にごりたつ
どろのみず
ちえねつで
やききるほどに
すみわたり
いつだって
ふるえゆらめき
かけがえもなく
はなつ

第七　何か、十一篇

（何か #67）

シラキューズ、
白草の富田《とんだ》がえし
数学的な厳密さが野を覆う
スイデンに✢水辺に✤海《うみ》っ端《ぱた》に
自由なシテュエーション
涙ながらの蝋燭仕掛け
くるすみ育ちの芸者家業
ひとは何とでも言う
我が道は我より他に知るひともナシ
Gambetta
Me is an ursa major

とどろく水落《みずおち》を防護せよ
よしんば前もって　あらゆる計算を入れよ

耐えて耐えぬけ、南の空
ホノノンとあふれかえるな
水立ちの剣《けん》、がんがらし、がんがらし

地下を走る動物
ヒトと映像
すべてはことのハ
早回しとユクリクがいのちを伝える
潜ってもぐってモグりかめ
イチマツのひとからげに抗してドン詰まれ
話はそれからダ

（何か #68）

I am a hard rain
to despise a long-term inefficiency
which had formed me before
inadequately quel amour it was
spring is said to come only from patience?
impatience might mean celebrity, latitude itself
from among many a layer of cloud
I saw lightning
I saw a spreading gulf
I smelled people sweating
I shrink deep into the earth
to revive it
to rise up again to the heaven
to produce something freshly powerful

even in an exhausting way
imaginarily you see me in the mountains
prophetically you see me vibrating with trees at their top
crazily I admire all of the times have existed
because I am a momentary being
as you are
because I am born from hot melty lava
as you call
I am no different from stones
at once you and me
once I and you
were, and are together
will be always forming
what you feel trans-time
as I am
unseparatedly

（私は激しく降る雨だ
貶める長らくの役立たず
もっともそれが以前の私だった
何という、愛と言っていいのか、そぐわなくはないのか
耐乏からしかハルは生まれないというのか
不退転こそが讃えられる緯度そのものだ
雲の錯綜する層のさなかに
稲妻を見た
広がる入江を見た
人間の発汗の香り
深く地面に潜るのは
地を再生するため
高く天にまた上り
新たに生き生きと力強い何かを産む
しっちゃかめっちゃかのやりかたでも
想像のなかであなたたちは私を見る、山々のなかに

預言者のようにあなたたちは私が樹々の先端と共振するのを見る
狂ったように私は存在したすべてのときを崇める
私は瞬間の存在だから
あなたと同様
私は熱く溶けた岩から生まれたから
あなたもそう呼ぶ
私は石と異ならない
同時にあなたであり私である
私とあなたは一緒であったし、いまもそう、
これからもつねに一緒に作っていく、
あなたが超時間と感じるものを。
私は、分かちがたく・・）

（何か #69）

わかってる？
そのことを二文字なんかで呼んじゃいけない、
ゴム底で出来てるって言ったでしょ
こうもりみたいに絡みつくのは
この見えない螺旋の紐なんだよ

どぎまぎしないで、
心の深いところに達してないだけ
表面的に見えたとしても　わかる人にはお見通しなんだ
ケチャップかけて胡麻々もふって
会わず話さずフレもせず

通じてることは　意識さえしなければ　早わかり
　メダマ出してだけ　カプチーノみたいに　そっと自然に裏側から

かまびすしかった　いざなわれず　ただはらわたによりそう

＊

螺旋のヒモがどうした？　うざくてしかたがなかったんだろ
思いっきりスチール缶をたたきのめしたい、
六つ打ちで重苦しく跳ね回るリズムだ
汚物にまみれ　空間がない
地獄のさなかに　平行世界に跳べ
想像の熊手で傷つけ合う　胸苦しくタンスが閉じこもる
バカな、阿片でも吸ってろ
何がしたいんだ　おめおめと開いて見せろ

かきいだす喜びか　堂島で
リスト三百八十二
決して漏れなかった
桶がジャブる

エイジュ、えじゅ、エイジュ、えじゅ、

（何か #70）

城に興味が持ったことをない、ただ
美し城
南ぬ城
整いの失われつ城
ときくずされて城
はベツだ

人工速度まで
太陽熱から余程よい
、がも
エネルギーの取り込む

（旅することば）

おとす速度も、が
人工力から移行する
けつまずく見えるダンスと
透明満ちている

もやヲ切リさくヒかり

ピアノ廃墟
解体し散乱す　切片
それ　サウダーヂッシュも
んが　向こう未来

カンジュ、けじゅ、
カンジュ、けじゅ、

さ、とからに、
け、たまへ、し、、り、

らアむ、ラアみ、らアま、
らぁモ、らぁみ、ラぁま、、

たてやり
メガラッソ
久米の羅田
けらント

（何か #71）

血統牛　亀さんたのんで　運ずまみれ
キョーロン　キョーロン　真っ盛りのなみだ
えんず延髄　色はなに？

大徳寺元気のスボボダ蒸し
まさにけっきょく無駄力《ぢから》を…
皆が見るアベノ政権
よしずはここに巻いておいて

からみしの狂気芝居
あまだれず　かたまらず
よしイチゴの表皮が硬化しても
なにが起きても　平常な心
平静をかいても　荒ぶる魂

時間の外を与えられた役目を摑《つか》め
誰にもわからず
自分にしかわからず

トンコリの音　楓《かえで》の形
いざはやの　あさじふの

（何か #72）

コらエ症のナイこのからダ
イチハつのけだものだましぃ
ケクラ菊ナと云ったただろん
レとばせバ　サカまく
くまサカの　ドミのきょ離
ラマン、ラミン、ミラーグラ

れんトポじ切った　こともあった
かたマカッた　ケたまズれタ
どうしょうなど　はじめたない　ときからナイ
るるとカなで蒸す
サシばかえツム　このうラＢＯＮへ
ぐぎゅゲがエずむ　ギタこハん
アっさリかエつム　コとのトこ　ごトのどコ
ノぞカせリテ　毛り津マもう

羅タ、らタ、ラ太、
ラた、利タ、
羅多、・・・・

ツきヨかカ、セばマタン、セばマタン
ドーぷ　どーミ　堂

まタさぐラぐサ　まタぐサ　さグらサ
マてさグらグさ　さテぐサし　せギれシ
す――――――　羅　か　ミ　どぅ　　しグらシぃ

（何か #73）

ミラ栗、ミラぐら、
　ひっつかんでひきまわせ
サマアぐり、みなーグラ、
　ぱっつかんでどぅるスン

ぷらりーネ、ぷラりンナ、
　みづから水アゲる
満ツからあフれカエる
さんマぐり、さんマぐレ、

＊

さまグロー、
　あいセマン、すムごりテ、
世《せ》らまス、とぽ。

(何か #74)

くもるそらうえ　かがやけ　つき
すいせんむこう　もえる　ひ

てまえなるかくがた　とおらるれ
たまがたソラの　むこうむこう
おくひそかやな　カミのみや
われわれか　ならずしかり　なぞでカミ
たちあらわれで　こそてたまれ
いずうり　もどらるれ
まちまつ　われおおきき
あなごころ　そらとともなる
けみのもや　すけよみねだけ
やみのはま　ながまるふったり
よばわれ　まからば　やみカゲ
もやれシロ

たいらかな　むこう
こちらなみ　うちあゆまれ
ましんなるち
ち

ヘビなメのメ　かなたれもゆ
みぎかりな　はこび
やたてなく　わたれアッラーム
かつてこつたる　あらち
つなぎつき　こみとけ
オのちからおみな　かげのちで　とう

ここからき　ここへゆく
おのがづたいに　あからめよ
ここのこのみ　すべらかく　よころびたえよ

よぶよう　ゴデス　おうとらミンナ
よぶよう　ゴデス　おうとらミンナ
よぶよう　ゴデス　おうとらミンナ

つぎよみゆ　あやまちば　かえ
よぶ　よぶ
つねの　おのずわき
あたらの　つねの　おのずわき

あろうおとこ

（何か #75）

そ、ぼくたちクメイはなったか？一体たい？
rev ＊ ゆめのかてんだ、
たいっ、ころ・そこ・りゅーた✴

ぼくはまくなのか
うちとトントちがいがソトにカンじられない
わのなりたちはこのしましまの・りくケンの・SPACEなりたちだ
祖父母眷属とはよってきたるひとひと集合とはわたし
わハわ
どおるェネルギあるだけ
ルギー〉ネルグ
ありかたあらゆるチブネs
ウクにたえオカに澄む

さ、からみティわずみなることナシ
けったまゲレぶんくこはカスメ
けんほのみいず
ガラメテの卍
けったまゲレあいだかなでテ
チッタ、ちた、ちと〉つ

ムラさきみてのあかリル
いみがー、いみがー、
かさねたらねぬ
ふるえるいと
きしむぶったいったい
わはチのたま
いつかひにのまれてこそ
かまうなよるなはっするだけや
きけいつかころあるひとよ

ひとよかぎる
よるよりよる
きみわかるるか
ことしまえなるスミスミ

エンドアワタフジ
マサムチイトヒコ
キラコタニノウエ

まさまさ
はんがし
さるのマイ
けツヅレ
こだいなりあらソヒ

ヘッ！

ハッ、

そ、なりむらぬラジじら
なレならむばねカバ
けたミスクくるオレ
わらじわらざアレ
あれ！
とどドケ、
シンジらすふあわせか、
コトノー、コトノー、
ととどく　つ
ながうる
みすみす
かたなタレ
うわしたとまず　トメヨ
きとなタレ

きとの　タレ
きての　タレ
ナカ　たがへ　ズ

(何か #76)

あわたづ　このくにかて
しゃわしゃわしゃ　ピリク
むろうケリ
くめのざんさ
あみていの　ハッカそく
しだだしダダしだだシ＊シダダシだだしダだシ
かっ　リッ　ミッッ　れっ
シッ　ぱっ　トッ

くぱんらくん
そぱんらシン
シパラス。。。

みだありの、、、
ずしづちなる、、、
がめだきヌ、、、、

ぼいぽあらめ。。。。
かさきらぬ、、
ろくいんなね、、、
、、、
　　。。。。。

シダダし　ダダシ

そっぽめく
らかみての
けさたまへ
あみどりに
さかめきチト
なままめら
がわケち
なさたる
しどめ
いらも
ヽヽヽヽヽ
あぜミ　　ヽヽヽ
　。。。。
いとメ　　ヽヽヽ
　　。。。。
ぬはらすテ　さエまリしキテヲり

らんむパネきテ　こそ　より

（何か#77）

（壱）

かんダブつこル
とランすくレ
グリりューズーう

エｎめキてン
キてめクッ
カっぷときィ
るクしだぁ
しダるク

ぅとけメバ
ムクバえシぃ
すールーーズーぅ
ズーー…

くとマせばてケミきィ
パっテロsカまんドぅ
れタぽれtzシタポるθ
しタ（ッ）　　すタz
どぅぶっッダべたカィ　　えぷ　くるスタ　りケ　ィ
φ……
pぃすくゎ　　ってぺ　　r

（弐）

ルこダ
ーと
　　ベrぺぷ
　てせnカン
　……
　ブきタ
　ーす
　　ぽpぶム
　えめsクぅ
　　　　　ー　ー　ー
　　　　ぁーすー　ュ
　　　　ズキシケス
　　　りるるとば
　　　……

んまツたっしだタ
うて　て
リィパクるダ
バズカポバ
‥
つめくす
くえりて
シ、ミタドロエ
ダテランメ
う、つぷれきゎ
けとすんる
…
クタズィィ
キルしく
しとかっっ
ケz

…
れレ
グィケッ
どマ
ーーー
アズてラしんト
さっクかタ
しトぅまエん
くぃぃシったぅまカんデ
ッ
ー
えザメて

赤い川の流れるほとりで
自転車行商のおじいさんから　真っ青な羊羹をもらう話

一

赤い川のほとりに立っているんです。
その川は流れている水も赤いし、岸辺も赤いし、
そんな真っ赤な川が流れていて、
そのほとりにぼくは立っている。
すぐ近くに、その小さな川にかかっている橋があるんですが、
その橋も欄干とか何から真っ赤です。

川の流れの中を鯉かなにか三尾ほど泳いで行くのが見えます。
夕暮れ時で、夕日が沈んでいくところです。
遠くのほうには工場か何かがあるようで、
黒くシルエットが浮かんでいるような、
その二、三本立っている煙突からはもくもく煙が出ているようです。

笛のような音が遠くから聴こえてきていて、

それは少しづつ近づいてきます。
自転車に乗ったおじいさんが、その音を立てながら、
こちらにゆっくりと向かってきているようです。

「ああ、豆腐か何か売ってるひとなんだな・・」と思っていると、
気がついたら急に、おじいさんはぼくのかたわらまで来ていて、
あまり物は云わないんだけど、ぼくに対してはフレンドリーな雰囲気で、
荷台から売るものを何か取り出してくる、
そしてそれをひとつぼくに勧めるんです。

よく見たら、それは豆腐じゃなくて羊羹なんですけど、
それが目も覚めるような、真っ青なすごく綺麗な羊羹なんです。
へえーって思って、出してくれた羊羹を、おじいさんもフレンドリーだし、
ひとつ食べてみようかと思って、勧められるままに、ひとくち口に入れかけた、

するとその途端に、赤い川の水が水かさを増して、

ふくらみあふれて、しかもボコボコと沸騰しているように大きな泡がたち、
ひたひたとだんだん水位が上がって来ます。
熱いわけではないんだけど、呑み込まれそうに上がってくる。

うわあ、どうしようと思っているところに、さっきの鯉たちが
沢山ぼくの周りに同心円状に一重二重と取り巻いて、
こちらに向かって口をあけています。
おじいさんはさっきの羊羹を、試食販売みたいに
小さく切り分けて、鯉たちにやります。

ぼくの目が鯉の一尾の視線とあったような気がしたと思ったら、
彼らはいっせいにその小さな胸びれを使って、
しきりにぼくのほうに何かを送ろうとしています。
その何かは、水中の藻かなにか小さいものだろうかと、
目を凝らしてみても視認することができません。

おじいさんの羊羹やりがひとしきり行き渡ると、
鯉たちは――いまや十数尾はいたと思いますが――いっせいに動きを止めて、円陣を組んだまま、水中から空中に浮上してきて、ぼくの胸くらいの高さで静止すると、
さっきの胸びれ送りをまたぼくに向かってやってくるんです。
何が送られてくるかは、やっぱり目には見えないんですが、今度はそれが痛いくらいにブチブチと、ぼくのからだにあたってきます。
無言のおじいさんから「それは（鯉たちの）喜びをあらわしているんだからだいじょうぶだよ」という思いだけが、伝わってくるように思います。
さっき腰まで来ていた水が、いまは足首辺りまで下がっています。

★

ふと気がつくと、鯉たちの姿は消えていて、おじいさんはまた遠くにいて、自転車の前輪を使って、一輪車のように〝その場回転〟をしているのが見えます。

ぼくの足元には、さっきまでの水のかわりに、安っぽい舞台装置みたいな
赤いセロハンが敷きつめてあり、シャラシャラと乾いた音がしています。

突然、矢印記号そのままの形をしたカブラ矢が、ぼくの右斜め後方から、
ひっきりなしにたくさんヒュルヒュルと飛んできます、
でも立っているぼくにはあたらない、
ぼくには刺さらないと、なぜかわかっています。

遠くから海鳴りか地鳴りのような低くうねる振動がからだに伝わってきて、
その一方、頭上のやはり右の、かなり上のほうからは、テープレコーダーを
早回しにしたキュルキュルというような、小さな音が聞こえてきて、
静かなままにも、だんだんその回転がゆっくりになってくると、
人間の声だということがわかり、
注意深く耳をすますと言葉が少しずつ断片的に入ってきます。

「鳥の姿は仮だから、松の木の下で待つように…

「子どもの顔が大きく膨らむとき、それは甘やかです…

「苦しみは針ではありません…

「けたたましい動物のふりをしても、夕食の食卓には戻ってきます…

そんな言葉を次々に聞いていると、
ぼくのからだの奥にも言葉があふれてきますが、
ぼくはそんな言葉をイメージに変え、
さらに物質に変えて、椅子を生み出します。
フリスビーくらいの小さな丸い座面に、九十センチほどの足が四本ついた、
木製の飾り気のない椅子です。
それは、ぼくが踊るための舞台装置であり、
かつ椅子自体も、空気を使って、みずから踊ります。

ためしに左腕を椅子の座面についてみると、からだが横倒しのまま
ふわりと難なく空中に浮き、腕一本で支えることができます。
座面についた五本の指に力を入れてみると、
椅子も四本の足をかわるがわる支軸にして、
ゆっくりと波間にゆれるように、動き出そうとするかのようです。
左腕の力を入れたりゆるめたりすると、T字型に横倒しのままのからだが
わずかに上下にしないます。

その動きを、注意深くゆっくりと繰り返していると、
斜めになった椅子が、一本の足だけを地につけたまま、少しずつ滑り出します。
流れる川からは六十度ほどの角度で離れて、左手前方へと、
セロハンを少々引き破ったかと思うと、すぐに草地に入り、
地面をひっかいて不安定な航跡を残しながら、
速度をややあげて進んでいきます。
ぼくは胴体で、進む方向の舵取りをしながらも、

ついた指の力の配分を微妙に変えて、腕一本を軸に、椅子の上で回転します、ぼくの重みと回転のせいか、椅子は進みながらも、地面にめりこみはじめます。

草地の下は水が浸出していました。
地面を掘りながら進んでいくと、さわやかで純度の高い、クリスタルのような水がどんどん湧き出てきます。
草地の下にはかなりの地下水が、いや地下水ではなく、ぼくが進んでいる地面は、実は一枚の絨毯くらいの厚みしかなくて、それが茫洋と広がる水の上にぺろりと一枚置かれているだけで、土と見えたものも、ある特殊な粘着物で相互に繋がっているに過ぎず、ここは、人工的なものと自然的なものが巧みにブレンドされている、そういうところなんだな、と気がつきます。

いまやぼくは海上をボートに引っ張られて行く水上スキーのように、椅子ごとからだごと回転しながら、水の表面を少し潜ったりまた水面に出たり、かなりの速度で、右手後方からの追い風を受けているかのように進んでいます。

高速で回転するぼく自身が、まるで先ほどのカブラ矢のようで、
そして、鯉たちが送っていたものも、
今のぼくの状態の小さなミニアチュアみたいなものだったのか
（小ささも大きさもほとんど同じようなことだから）、
そして結局は、外に観察することと、この身に起こることと、
内側に見えるものは、別のものではないんだということがわかります。

ほとんど一本のねじれた紐のようになったぼくが水を切り、空気を切って、
いつの間にか、水も空気も細かい粒子となって混じり合い、
水蒸気のようになった状態を全身で感じています。

そのねじれた紐状のぼくを、眺めるぼくがまたどこかにいて、
その眺める意識が、ぼくの進む方向をわざと大きく右にカーブさせ、
最初に工場の煙突と見えたもの、
それはＩＣ回路を巨大に拡大したものだったのですが、
何度もバウンドするようにそれを超えて、

さらにその向こう側の真っ青な青色のほうへ進んで・・・行きます・・・

二

結局その向こうに広がっていると見えた青は、
近づくにつれて、ざっくり大きく捉えれば瑠璃色だが
実際には赤茶色や、黒曜石のような漆黒や
くすんだ白などもまだらに混ざり合った状態で、それぞれの色が、
おそらくその背後にそれぞれの世界への通路を隠しているよう。

つまり、白の向こう側には白の世界への通路、
赤茶色の向こうには赤茶の世界への通路が開いているのが
こちら側から見ていてもわかり、
そんな無数の通路への無数の扉の集合体としての、
大きな瑠璃色の岩戸のようなものが、浮かんでいます。

気がつくとそんな「岩戸」は一枚だけではなかった。
よく見ると、あちこちに、さまざまな色をたたえた大きな岩戸が浮かんでいます。
ゆっくりとその場で回転している岩戸もあり、
不思議なことに、ある面からみると大きな岩戸が、
回転して横からの姿を見せるとほとんど厚みがない。かと思うと、
側面からも非常にごつごつとした球体に近いさまを呈しているものもある。

★

それらはぼくに子供のころの記憶を思い出させました、

小学生のころ、友人ふたりと市バスに乗って、
工業高校のある通りのほうへ遊びに行くとき、
窓からのぞくバス道の外に、珍しく粉雪が舞うのが見えて、ふとその粉雪が、
まるで大きな雪だるまがそのままとても小さくなったもののように見え、
それらはさまざまに微妙なかたちで、

いびつなかたちの雪だるま、あるいは何段重ねにもなった雪だるま、
あるいはほとんど金平糖のような塊になった氷雪、
ひとつひとつの雪片をもし大きく拡大してみたら、
ミクロの視点からはそれほどにさまざまな形状をしているように、
ふと思われたのでした、

・・話が逸れますが、そのバスに乗る前に、
皆で一緒に買った鯛焼きにかじりついたときの暖かさと甘さが、空腹に沁み渡って、
もう何度も通っているバス道ですが、一種の小さな冒険感、
いつか遠い将来どこかでサヴァイヴすることになるときの糧として
この少年時の経験があるんだと思いましたが、
もちろんそう思ったのは、少年期自体がサヴァイヴァルの経験の
不連続な連続であったからでしょう・・

そんな記憶を思い出したせいで、
ぼくのからだは、（仮に）時間と呼ばれるものを異にする、

いくつかの（実際には無数なのですが、まずはいくつかの）経験の、
ざっくりしたモザイク的な集合体へとたちまちのうちに改組されて行き、
まだはっきりとは思い出せない記憶の再編成が、
まるで身体のあらゆる部分の細胞の再編と並行して進んでいると感じられます。
（ほらここでも外に見えるものと、内側の状態が、別のものではない）

・・記憶の話を続けると、
そのようなモザイクの、やや大きめの欠片＝記憶は、
二十代のころに旅したどこかの山あいで、滝が落ちるさまを眺めていたとき、
（たぶん）実際には上から下へと流れている滝水が、
なぜか下から上へと逆行していくように見え、
いったんそう見えはじめると、いくら視点を変えても
滝の流れのどこもかしこもが、下から上へと逆流していくようにしか見えず、
そのことをすぐそばにいた彼女に告げると、
結局はその滝が特別なのだという結論に落ち着くが、
もちろん実際にはその滝に限らなかった、

さて、その流れる水の映像と、
すぐに体内が呼応して
自分がとどのつまり流動性の一過的現象であると、
するどい痛覚のような認識が発生してきます
が、それも反芻する今になって起こっているのか、
その当時感じたことなのか、判然としません。

★

その、認識の痛覚的なあり方は、
いま目の前にしているあちこちの岩戸の、
それぞれの色が、
やや不規則な脈を打つように、自然的なリズムで
音もなく明滅しているのと根っこは同じであり、
そうしてみると、その色たちは、

五感を越えた幾種類もの知覚へといざなっているということになり、
どうやら多次元的・多感覚的な、世界ないし状態に
差しかかって来ているのだと気がつきます。

ここからもう先に進まなくてもいい、
外側からはひとつところに滞まっているように見えたとしても、
実際は内側では別次元へと、
次第にそのじつほとんど底なしに降りていくのだから、
後頭部から首の後ろあたりが溶解するような感じがしたら、
それが最初の徴候で、あとはいろんなことが起きるのを、
ただじゃましないで「見て」いれば良い。

針、と前に言ったが、そこではそれは何のメタファーだったのでしょう、
いまになってみると、それは「炎」であり「死」であり「一瞬」でもあるのか、
意識、いや意識と呼ぶのも適切ではない何かは、
複数／単数の概念とは次元を別にしていることが

少しずつわかってきました、

だから、いや、ですが、
ぼくの感じる針の長さは、まだ循環的な状態にあって
仮にそれが同心円状にとぐろを巻いて見えたとしても、
何の不思議もないのです。

★

水、水。

相手が水であるならば、ぼくも水だった
炎と水は決して相入れないものではなく、
むしろ化合することだってできる。
たとえ荒唐無稽に見えたとしても
理路や占いではわからないことがある、

網の目のようなあり方もそのひとつで、
カシューナッツのような木の実が、
傍らから別の傍らへと瞬時に移動する、
それは目に見えないわけではないけれど、
目で捉えた感覚だけで判断することもできない。

いちばん大事なことはつねに変転し、身を隠し、先へと進んでいく、
それを摑まえるには
こちらも同じく転がって一体化するしかない、

動きは突然起こる、
いまぼくの認識＝（記憶的と見える何か）＝身体細胞にも
突如はずみのように何かが到来して、
さっきまでの認識とは飛躍的な関係にある、
ある場所へとなだれ到ります。

話の速度や色合いは、これまでもゆっくりしていましたが
さ　ら　に　ま　っ　た　く　遅　々　た　る　ものになり、
四肢が高速で四方八方へちぎれそうに動き出すのとは裏腹に、
ほとんど静止している、見えなくなっている、

首を大きく締められるように、
（苦しくはないが）喉が、意志とは関係なくゴロゴロと音を立て、
いつのまにか強く握りしめた両手のこぶし、
荒いままの呼吸が一分間に二回のペースでどんどん深くなり、
さっきまでは届かなかったケモノ道がいまは通じています。

骨身をひき裂かれる魚の感覚や、
大きく放り投げられ地面に落下する前に
バラバラになるある種の感情の原型が、この身に宿り
いま再びぼく自身が回転する車輪となる、

そしてそれがだんだんに収まると、
ただ大きく引き伸ばされた粘土状のトカゲとして、中空に浮かぶだけ

さっきあれは岩戸の向こう側からやって来たのか、
不思議な倍音とともにぼくの耳に届いた声が
いま座骨のあたりを優雅かつ怜悧にさまよっていて
ポンプのように伸縮の動力となっています。

手脚を大きく打つ音が聴こえたら、
それが次の状態に移行する合図なのでしょう、

外側からは、身も世もなく苦しんでいるように見えるこの状態が必要で、
脳天からさかしまに世界が見え、足をばたつかせながら
正しい航路を調整している・・

三

決まりやルールがあるわけではまったくなくて、
(誰もあるなどとは言っていない)

岩をあらんかぎりの力で打ち付けるような
大きな音が聴こえてきます、
そのゆっくりした拍節感は
ぼくをどこへ連れて行くのでしょう、

現実の岩戸たちが、たとえ微小な部分においても
いまそれで破壊されていくわけではなくて、

米、米。
自爆する水田、燃え上がる畑、

（ぼくの）なか身でちろちろと秘かに燃えていた炎、
それがこんどは自分から能動的に体外に出る、
大きく舌舐めずりするような、ときとしてエロティックな動き

その炎が、長く大きく延びていきます、
それも一時的なものかもしれませんが、いやそうに違いないですが、
（いったい現象で一時的でないものがあるでしょうか）
いまはそこに乗っていきます、

車輪のついたジャングルジムが
神輿のように担がれて
たくさんの人々がその上に群がる、

ほとんど宇宙空間に出たのと似た
感覚さえしていたのに、
何ゆえか地上的なさまざまな光景が
そこかしこに現れて来るのが見えます、

月夜だが妙に暗くひと気のない
海沿いの駅前、

螺旋状にねじれたキュウリに高値が
付けられるオークション、

近海漁に出ていたポンポン船が
夕凪のなか接岸しようと港に近づく、

風が林立する旗をはためかせていくが、
それに逆らっても動きを止めない
いや、動きは止まらない

どこかの広場で極彩色の鳥たちが数千羽ひしめきあっています
そのなかから、ひときわ目立つ仕草の一羽が、
こちらにやって来る、

「昨日はこのうえないよろこびだった、
もし仮に今日それが消えているかのように見えたとしても
なくなったわけではない、
あるいは
昨日だけがよろこびだったのでもない

「あなたと私は通じあうところがどこかある、

群れのなかに入ってみれば、それがよくわかるだろう
　わたしのことを覚えておけ

その鳥は言葉を発さずに、そうぼくに言った、
存在からメッセージを発したのです。

それでなくても、
今日という今日は、あるいは今という今は、
穏やかにかつ強烈に、静かにかつエネルギッシュに、光を発しています、
その物質的にして非物質的な状態を、
しみじみと　観　察　す　る　のがよいのです。

・
・

岩戸はどこへ行ったのでしょう

いま思うと、幸せな岩戸たち、
実は柔らかくて、
外側にも幸福感を放射していた岩戸たち、

やはりそこからも、水の道が（こちらに向かって）延びていたのでしょう、
水の道と炎の道が共存するには、
次元を高める必要があります、
炎と水を止揚すると昔の人なら言ったかもしれませんが、
人間は多次元を生きるのが本来です

一度、二度、再び、最初から
だがいまは、その場に居ながらにして、
底が抜けてゆく、次元が変わって行く、

四

こうやって書き継ぐこと自体に宿るものは何か、認識力って何か、少なくともそれは本当は言語ではない、ただ降りて行く、降りて行く溶融するプロセス〃いま、身体の緊張感から本当に解放される時期を迎えつつある、ドロドロじゃなく、それは緑だ、さまざまな緑、青、こんなにも多様な色合いがあり得るのだとは思いもしなかった、以前ならただくすんだ色たちとしか思わなかった〃女たちは苦しむ、次元を異にする苦しみ―それもいのちかもしれないが、その考察はまたいつか、自分の配合がたぶん本来のあるいは純粋な、もっと大きなものの一部である状態へとおそらく変化していくだろう、確信だけがあるのは必ずそうなるのだから〃せっかくのおじいさん、おじいさん、夢に現れるようにぼくを導く、そのまたおじいさん、おじいさん。そしておばあさんの、すべてを肯定してしまう実は底なしのちょっとした笑い、そこにぼくは救われる、それは象徴的〃another side of my life　the other sides of my life〃

とりこぼしのないようにと

そう思っても

案外に、案外に

滴っていけばそれでよい、それが何の役に立つのかと問うまでもない、

ときはいつもここにある
あのときもそうだったし、
これからやってくる未来もそう、

裸のアダム　裸のイブ
どんぐりまなこで
こころの奥には
遠さも近さもない

低いほうへ低いほうへと感じるときは
老子のことばを聞いてごらん

★

「そこからやってくるものが何か見えるんですよ、
何かって、昨日みなで食べたスパゲッティ、
あれは太すぎたけど、あのなかに極細の繊維が無数に走っているのを
いまごろ脾臓や肝臓が知覚している
それは上から下へ、下から上へ、方向性とは別次元で走っているよ

目の前にジェットコースターが出現する、
あれに乗ったことがある？
実に不格好で苦しげなものだけど、
と考えつつ乗り込む自分を
遠目に眺めている、

先頭車の手すりには、二羽のカラスがいて
走るコースターの上で交尾していた

身体中の骨という骨が、

内側からのプレッシャーで
わずかに膨張して軋むのだと、
カラスがぼくに向かって無言で話す、

その間にコースターは、放物線の頂点に近づくと
速度を急にゆるめ、時間が止まる、
それはそこから切り進む空間をしぶきとなって飛び散らせ、
同時に、遠くの友人とふと繋がるためだ

停車したコースターから、ふらふらと
涙さえ浮かべてぼくが降りてきます、
足元はおぼつかないですが、
いまなら地割れが起ころうと
人工衛星の破片が落ちてこようと
無事でいられるでしょう、

先ほどのカラスの一羽が傍らに来ている、
くちばしにはわらを一本くわえて、
その中空のストローがするすると横左右に長く伸び
まるで綱渡り芸人が手に持つ長目のバランス棒のよう、

そのバランス棒に
ぼくはあおむけのようになって両手でつかまります、
するとカラスは勢いよく飛び立ちますが
すぐに棒を口から離す、
ぼくは鉄棒の大車輪よろしく回転し勢いをつけて
なんとか自力で舞いあがり、
風に乗って観覧車のほうへ、

優に五分は空中を漂いながら、
マクベスの魔女のことばが脳裏を過ぎ
霜柱の冷たさが思い出され

熱帯の国を夢見ているうちに、
とある空家の裏庭に降り立ちます

緑生い茂るなかにベンチを見つけて腰かけ、
英訳の万葉集を手にとると、
やや大きめの呼吸の音が
風に乗って聴こえてきます

ふと見るとコーヒーカップのなかには
炎が燃えさかっていて、
それを飲み物もろともゆっくりと飲み干します。

ウンメイの一日たちの一日（の運命）

何かが爆発的に変化する
京言葉を話すからって、いちゃつき同然と見紛ってはいけない
ふりをしてからトントンと舞い叩く
ドン　ドン　！！
亀裂　キアズマ
不浄の社《やしろ》から蹴りを一発
見るからに丈夫なハイエナ
苦しみぬいてイチから始める
鳴き声を真似してみな
枕から何からすっとばして
大事《おおごと》をかかえ込む
腕の長さが足りない
染み付いた景色の透明度が理解できない
みずすましのように
マンドラゴラのように・・

あの日、ふと行き合った如来様が
私を木陰に導いて言うことには──

ゲッタント濾過器の効能は？規模は？採算は？
視野にいれるべき将来の倒壊可能性は？
みだりに飛んできていいとは限らない
道に迷ったニワシドリと化した輩が
うっとり素っ頓狂なパイ投げを始めることだってある
検察官、検視官、
箱舟の中身をうしろから羽交い絞めにされてはたまらない
衆人環視の、公共電波の、
いったい何が圧力か、
すりぬけることば汁、、
みだれ染める、ああ、なんてオントロギーな、、
くりくりと、きりきりと、すったもんだの最高級
髪留めのあいだからじりりと決意をのぞかす

応援してる
そしてここで踊りだすから

山のうてなのマイクパフォーマンス
そしてここで囀りだすから
いやむしろ、この針金のはじを持って、
あなたも、彼も、
昔気質とは言わないでくれ
作動する流流《りゅうりゅう》だ、
いがなびる、格子状にまがりぶる、
どんすかりて、けたまづるから、
取り柄もなく、殺し文句のひとつも出なくったって
ヨイトマケの酔いどれのヨランダに
夜店通りでいちゃもんつけても
もう仲間がいる

磁力がじりじりと作用する　いつだって
山間部のわき水
観光に来たってはじまらない
つらぬく光につらぬかれて
長短格の猥談まじりで映画人にはまたかと
火打石のように発色し発信し
水晶色のバイタル・バイオレンス
短く短く短く切って
結わえて縒って柔めて呼んで
或るあの明るいヨル
カラスとコウモリは空中で行き交う
ケケケカン　ケケケカン　キキケケ

九九巴《どもえ》の　みからずる感太《カンタ》
今日のこの九重のジャンクション
声はあわずる　眼光は蔓《かずら》同然

まかしとき！ムクロジュの陰日なた
メンドール叶わぬ先の杖筒《つつ》き
けんからぶるから　凍りついてワッセ
ワッショー！
あたまったぁ五メートルもトビケラ超えて

苦しもと今回かぎりのだんだら馬
じゃない　じゃければ　通りが勝手に
見ろ、燻《くすぶ》り出してる、静か～に
もう気づいている
もう脳味噌が形をなさぬほどに
もう冒涜やののしりさえかすみかすめて
微小な銅像をどうぞそのままに格納し
網膜から味蕾から行き過ぎた観念は書きかえ
猛獣使いはいずれ分子化するしぼくたちも運命を共にするんだ
耄碌する奇々怪だとわかりきっていた

まだアヒルが走るよ
あきれかえる騙し合いだよ
ミルク人形がかまびすしいだけだよ

村から村からイグナチウス
かいわれ水魚の六本松
見るからにくたびれ果てていきどおる前に
われわれの欲望
みやガネ
宮しゃんス・・・

あとがき

ことばは子どもの頃から苦手だった。

明示的（とされる）意味に縛られない、音楽をこころざしたのも、そのゆえだ。

そんな自分から、ことばの表現が出てくることになるとは、思いも寄らなかった。

二〇一〇年～一一年くらいのことだ。

そして、二〇一二年に東京から九州に引っ越したころから、
何だかわからないが出てくることばを書きつづるようになり、
詩のように見えるが、これは何だかわからない「何か」だと感じて、そう名付けている。

こんな言葉が出てくるのか、と驚きながら、
即座には理解も追いつかないままに、書いている。

だが不思議なことに、嘘は言っていない、とも感じる。

もちろん推敲もするが、ほとんどは一気に書いている。

そして、これは「音」でもある。

書きながらも、実際に声として音になったさまを前提にしている。

その意味では、音楽と通底しているのかもしれない。

二〇二四年十一月　河合拓始

初出一覧

何か、十一篇　・・・私家版冊子として二〇一二年六月に発行

続何か、十一篇　・・・私家版冊子として二〇一二年九月に発行

続々何か、十一篇　・・・私家版冊子として二〇一三年二月に発行

第四何か、十一篇　・・・私家版冊子として二〇一五年三月に発行

第五何か、十一篇　・・・私家版冊子として二〇一七年一月に発行

第六何か、十一篇　・・・私家版冊子として二〇一七年七月に発行

第七何か、十一篇　・・・私家版冊子として二〇一八年一月に発行

赤い川の流れるほとりで　自転車行商のおじいさんから　真っ青な羊羹をもらう話・・・同人誌「季刊公魚」第一号・第三号・第四号・第五号（いずれも二〇一一年）に連載。その後改稿し、私家版冊子として二〇一二年六月に発行

ウンメイの一日たちの一日（の運命）・・・同人誌「さかしま」（二〇一七年六月）に掲載

■著者略歴

河合拓始（かわい・たくじ）
1963年兵庫県神戸市生まれ。京都大学卒業後、
1991年東京芸術大学大学院修士課程修了。
ピアニスト / 作曲家として、現代音楽や即興音楽のフィールドで活動している。
二十数年東京を拠点にしていたが、2012年から福岡県糸島市在住。
九州・関西・関東・欧米で演奏、CDもいくつか。

TAKUJI KAWAI WEB
http://www.sepia.dti.ne.jp/kawai/

詩集　何か、十一篇

2024年12月10日　第1刷発行

著者　河合拓始
発行者　池田雪
発行所　株式会社 書肆侃侃房（しょしかんかんぼう）
〒810-0041 福岡市中央区大名 2-8-18-501
TEL 092-735-2802　FAX 092-735-2792
http://www.kankanbou.com
info@kankanbou.com

編集　田島安江
デザイン　acre
印刷・製本　アロー印刷株式会社

ISBN978-4-86385-655-4 C0092